기획의 말

그리운 마음일 때 'I Miss You'라고 하는 것은 '내게서 당신이 빠져 있기(miss) 때문에 나는 충분한 존재가 될 수 없다'는 뜻이라는 게 소설가 쓰시마 유코의 아름다운 해석이다. 현재의 세계에는 틀림없이 결여가 있어서 우리는 언제나 무언가를 그리워한다. 한때 우리를 벅차게 했으나 이제는 읽을 수 없게 된 옛날의 시집을 되살리는 작업 또한 그 그리움의 일이다. 어떤 시집이 빠져 있는 한, 우리의 시는 충분해질 수 없다.

더 나아가 옛 시집을 복간하는 일은 한국 시문학사의 역동성이 드러나는 장을 여는 일이 될 수도 있다. 하나의 새로운 예술작품이 창조될 때 일어나는 일은 과거에 있었던 모든 예술작품에도 동시에 일어난다는 것이 시인 엘리엇의 오래된 말이다. 과거가 이룩해놓은 질서는 현재의 성취에 영향받아 다시 배치된다는 것이다. 우리는 현재의 빛에 의지해 어떤 과거를 선택할 것인가. 그렇게 시사(詩史)는 되돌아보며 전진한다.

이 일들을 문학동네는 이미 한 적이 있다. 1996년 11월 황동규, 마종기, 강은교의 청년기 시집들을 복간하며 '포에지 2000' 시리즈가 시작됐다. "생이 덧없고 힘겨울 때 이따금 가슴으로 암송했던 시들, 이미 절판되어 오래된 명성으로만 만날 수 있었던 시들, 동시대를 대표하는 시인들의 젊은 날의 아름다운 연가(戀歌)가 여기 되살아납니다." 당시로서는 드물고 귀했던 그 일을 우리는 이제 다시 시작해보려 한다.

기획의 말

그리운 마음일 때 'I Miss You'라고 하는 것은 '내게서 당신이 빠져 있기(miss) 때문에 나는 충분한 존재가 될 수 없다'는 뜻이라는 게 소설가 쓰시마 유코의 아름다운 해석이다. 현재의 세계에는 틀림없이 결여가 있어서 우리는 언제나 무언가를 그리워한다. 한때 우리를 벅차게 했으나 이제는 읽을 수 없게 된 옛날의 시집을 되살리는 작업 또한 그 그리움의 일이다. 어떤 시집이 빠져 있는 한, 우리의 시는 충분해질 수 없다.

더 나아가 옛 시집을 복간하는 일은 한국 시문학사의 역동성이 드러나는 장을 여는 일이 될 수도 있다. 하나의 새로운 예술작품이 창조될 때 일어나는 일은 과거에 있었던 모든 예술작품에도 동시에 일어난다는 것이 시인 엘리엇의 오래된 말이다. 과거가 이룩해놓은 질서는 현재의 성취에 영향받아 다시 배치된다는 것이다. 우리는 현재의 빛에 의지해 어떤 과거를 선택할 것인가. 그렇게 시사(詩史)는 되돌아보며 전진한다.

이 일들을 문학동네는 이미 한 적이 있다. 1996년 11월 황동규, 마종기, 강은교의 첫번째 시집들을 복간하며 '포에지 2000' 시리즈가 시작됐다. "생이 덧없고 힘겨울 때 이따금 가슴으로 암송했던 시들, 이미 절판되어 오래된 명성으로만 만날 수 있었던 시들, 동시대를 대표하는 시인들의 젊은 날의 아름다운 연가(戀歌)가 여기 되살아납니다." 당시로서는 드물고 귀했던 그 일을 우리는 이제 다시 시작해보려 한다.

어둠에 갇힌 불빛은 뜨겁다

문학동네포에지 011

김옥영 시집

어둠에
갇힌
불빛은
뜨겁다

시인의 말

내가 나 자신임을 버릴 수 없으므로 나 자신의 아픔과 부끄러움 또한 끝내 버릴 수 없다. 허공에서 사닥다리에 매달리듯 자신의 아픔과 부끄러움 속으로 보다 깊이 내려갈 일이다. 그럴듯한 아픔과 부끄러움을 넘어 그럴듯하지 않은 아픔과 부끄러움까지.

타인에게 가장 잘 이르는 길은 자기 자신을 더 열심히 들여다보는 일이라고 나는 믿는다. 자신도 결국 '타인'의 일부에 지나지 않고, '우리'란 결국 모든 '나'의 집합에 지나지 않으므로.

세상의 모든 확고한 것들이 그 확고함으로써 나를 압박하고 그 확고함으로써 나를 배반하므로, 결코 확고하지 않은 '말'로써 나의 믿음으로 삼는다. 모든 요지부동에 대한 음험하고 고독한 복수의 작업. 시 혹은 꿈.

1979년 겨울
김옥영

개정판 시인의 말

사랑에 빠진 연인들을 바라본다.

아름답구나 행복하구나 느끼기 전에 그 순간 위에 과거와 현재와 미래의 시제가 한꺼번에 겹쳐 보인다. 파릇하게 사랑이 싹트던 과거와 서로에게 몰입해 있는 현재와 곧 다가올 쓰디쓴 환멸과 이별의 미래까지. 서로 엇갈리는 결의 감정들이 커피와 설탕과 우유처럼 섞인다.

장미꽃 속 겹겹의 꽃잎처럼 시간이 포개진다.

그 모든 시간을 건너왔고
그 모든 시간 속에 여전히 서 있다.

2021년 3월
김옥영

차례

3부

4부

5부

1부

말 1

—네가 '사랑'이라고 말할 때

네가 '사랑'이라고 혹은 '슬픔'이라고 말할 때
상아의 이빨이 가지런한 네 말
네 말이 씹는 과질(果質) 속으로
몇 마리 마른 고기가 텀벙 뛰어들기도 하지만,
네가 '사랑'이라고 혹은 '슬픔'이라고 말할 때
지상에 일어서는 것은
빈집 하나다.

단단한 골격을 두른 말의 어깨 너머
말이 부려놓는 공간,
우기(雨期)의 긴 골목으로
깊이 발이 빠지면
목소리들은 안개에 머리를 부딪고
스스로 체중을 벗어
들의 공복(空腹)에 살을 섞는다.

들의 그림자 들의 뿌리께 물을 주며
오 허깨비들이
이 들을 키운다.
허깨비를 본 자는
허깨비의 나라로밖에 갈 수 없어
네가 '사랑'이라고 혹은 '슬픔'이라고 말할 때
가시 엉겅퀴들은 흔들리지만

살아 있는 은빛 독사는 보이지 않고
흰 공터만 눈을 뜬다.
유리창마다 자옥이 성에 끼는 겨울날
(때로 성에를 꿰뚫는 날카로운 햇빛의 파편)
벌목된 주검 몇 구 뛰어넘어
두어 점 깨끗한 웃음이
울렸다 사라지는 쪽으로
왜 고개가 돌려지지 않을까?

서쪽 하늘에 서성이며 떠나는 공기의 맨발이
오래도록 가슴을 밟고 밟을 뿐.
네가 '사랑'이라는 혹은 '슬픔'이라는
빈집을 세울 때.

말 2

—그러나 내 그대를 믿음은

한여름 새하얀 대낮에 볼 것이다. 구름도 없는 바람도 소리도 아무것 없이 흰 마당에 우리가 처음 만나는 무명(無明)의 씨앗, 날마다 사람은 혼자 죽음에서 깨어나서 혼자 잠들고, 사물들의 원형(原型)은 볼 것이다. 낮 속의 밤 밤 속의 그 밤을.

잠 속에서 어둠의 뿌리가 피 흘리고 있을 때 생채기마다 소금의 모래알 뒹구는 민달팽이다 파도는 어디에서도 찾을 수 없고 목소리만 남은 빈 바다에 갇혀서 비틀거리는 은빛 흔적이다 보이지 않는 우리들은 흔적이다 그러나 내 그대를 믿음은 아픔 속에 우리의 몸이 되살아남이니 가장 견고한 아픔 속에서만 우리는 함께 갇히고 거두지 않는 헤맴을 위해서만 우리는 함께 떠난다 오른쪽으로도 왼쪽으로도 넘겨볼 수 없는 어둠에 둘러싸여 한밤중에 우리는 서로 만나고 그대 영원히 보이지 않으므로 우리는 서로 만난다

말 3

—가장 작은 별빛 하나 뜨는 것은

내 손가락은 포플러다.
눈물도 없는 마른땅에서
끝없이 자라는 포플러.

가장 작은 별빛 하나 뜨는 것은
오직
온 하늘을 가리기 위함이다.
흰 수액이 실핏줄까지 뻗쳐오름은
오직
온 그대를 가리기 위함이다.

그대 빛나는 슬픔의 높이를 바람의 깃발로 덮기 위하여 그대 타는 숯의 어둠을 내 어둠으로 지우기 위하여 그대 뜨거운 죽음의 단내를 내 절망으로 감추기 위하여

기구(祈求)의 말처럼 간절히 하늘 끝까지 닿아서
아침과 밤 사이를 출렁거려도
그대가 물이 아닌 탓에
물일 수 없는,
내 손가락은
흔들리는 포플러다.
뿌리 속에 빈 오지 항아리 조각조각
갈까마귀 떼울음으로 흩어질 때
까마귀 울음만큼 깜은 그림자로

그대를 가리고야 말,
또렷이 홀로 선 포플러이다.

열 개의 쉼표

비 오는 날

구름 속에서 너를 만난다.
빗줄기 속에서 너를 만난다.
개천 바닥에서 너를 만난다.
물에 물 섞여 한데 엉켜서
내 눈처럼 내 팔처럼
너를 만난다.
내에서 만난다.
강에서 바다에서 하늘에서,
하늘만큼 멀리 두고 너를 만난다.
내가 만난 것은
너의 꿈
풀잎에 떨어지는 수은
혼자 깨어나는 새벽 한기.

바람 속에서

네
말(言)의 탄탄한
몸을 버리고
이름을 버리고
이름 사이에 떠도는 흰 공기를
만나리

네 속삭임의

잠시 빛났다 떨어지는 모래 사이
짜디짠 바닷바람
바닷바람이 키우는
선묘(線描)의 숲
간결한 손가락으로 얼굴 가리고
떨어지는
어둠의 고운 목덜미를

내 만나리
바람이 와서 허무는 발자국을 그 바람을

끝도 없는 우물이 하나
강물이 소리 없이
빈 뜰을 밀고 온다.

휴지처럼 가볍게 구겨지는
가슴 안으로
빈 뜰이 들어온다.

스스스 스스스
마른 나뭇가지 떨리는 소리
한 점
마른 눈이 되어
하얗게 떨어진다.

끝도 없는 우물이 하나
빈 뜰의
가슴을 파고.

하늘이 홀로 돌아서서
벌을 건너 맨발로
강물은 가고
오직 남은
물소리 한마당!
하늘이, 하늘이
홀로 돌아서서 옷 벗을 때

누가 그대의 뒤를 부르랴
만나야 할 말 한마디 일어서지 않으니
누가 그대의 뒤를 부르랴

이 길이 뒤에 있어
흩어진 목소리
어디서 스러지는 이슬의 매듭

누가
이 길의 이름을 불러
그대 그림자 한 자락을

날리게 하랴

다만 몇 가닥 연기
뜨거운 숨결이 불어와
풀줄기를 흔든다
처음엔
가늘게,
점점 확고하게,
탁하게 울면서
부침(浮沈)하는 꿈,
어디로 가는가
꿈 위로 막막히 떠가는,
다만 몇 가닥 연기 두른
앙상한 배 한 척 보이며

오직 깊고 끝없는 울음의 흔적 하나
생각이 저무는 곳에
뜨거운 울음만이
목탄이 되어 남고
가늘게 가늘게 흔들리며
민들레 꽃씨가
흔들리며
작은 고독을 날라간다

야산 어느 밭이랑에
여문 낟알로 떨어져
스무 배쯤의 스무 배쯤의
고독을 수확하기 위해서

오직 깊고 끝없는 울음의 흔적 하나

문

문이 열린다
꽃들이 쏘는 햇살보다 빨리
꿈보다 빨리

눈부시게, 한 마리 새의 그림자는 흘러가고

문이 닫힌다
마르는 이슬보다 빨리
웃음보다 빨리

닫히기 위해서
두드리기 위해서만 문은

빛나지 않는 노래

아무리 너를 사랑한다 사랑한다고 해도
사랑은 빛나지 않는다

선행처럼
어둠처럼
끈질기게 낡아가는 기다림
뿌리깊은 것들은 빛나지 않는다
한순간의 잎, 잎들은 뜨겁게 타오르지만

빛나지 않고
모든 것을 빛나게 하는
꿈
꿈의 뿌리

한 광막한 사랑 있어
하늘을 나는 자 있어 보리라
지상에
모래와 불빛
견고히 응결하는 작은 섬들

저기
바람에 희게 쓸리는 풀꽃
바람의 갈피에서 무성히 되살아나는
사람의 살을
죽여도 죽여도

참을 수 없는 눈물 한 자락 끌어

어둠의 턱밑까지 덮어주며
한 광막한 사랑 있어 그를 보리라

그러나 무엇인가 이것은

결국 닿을 곳은 들판이지만
이 들판
두 손으로 눈을 가리고
끊임없이 나를 버리고 달아나는
사랑이
그러나 무엇인가 이것은 그러나 '그러나'
라고
지평의 언저리가 무너지며 떨구고 가는
몇 개의 파편 예리한 피 몇 조각이
아프게 와서
삐걱이는 슬관절을 보강하고 지금
우람하게 화합하는 공동(空洞)과 공동의 거대한 위압 속으로
스스로 들어서는 입맞춤
무엇인가 이 두려운 발걸음은

행복한 땅

—'발원(發願)하는 자는 출입 금지'
행복한 땅의 입구에는 이런 팻말이 붙어 있다

저 혼자 아름다운
풀꽃 몇 낱 묘비 몇 개가
하얗게 엉켜 거주하는 이곳
나는
오늘 이 언덕에 닿았다.

붉게 녹슨 말(言)의 비가
수세기를 두고
추적추적 끊임없이 내려
죽은 울음 위에 울음의 육체를 재울 때

나는 옷을 벗고
혼자 왔다.
기구하지 않으려 두 손을 버리고
불타는 것은 모두 버리고.

"이제 안식이다, 행복한 자여."
캄캄한 적막의 입술이
귓가에 다가와 속삭인다.
보라 이 고운 어둠의 입자

완전한 것은 어둠뿐, 그 속으로 내려가
제자리에서 깊이깊이
잠의 우물로

바닥까지 그대의 바닥까지 내려가

나는 하강했다 그리고
마침내 마지막 문을 열었을 때
보였다,
이지러진 그림자의 벽
식어서 단단해진 시간 속에
오 영원히 멈추어 있는 그림자의 텅 빈 방이.

나는 행복을 바라고 왔습니다.
빈방은 필요없습니다. 가득찬 것이 필요합니다.

"발원(發願)하는 자는 출입 금지!"
어둠이 둔중하게 소리쳤다.
"여기는 행복한 땅이다. 네게 준 것은 완전하다."

비는 내리고 있었다, 여전히.
내 발자국의 낙인이
빈방에 따로 흩어져 제각기 저주할 동안

가끔씩
오래된 그 방의 천장 모서리가
모래 소리를 내며 부스러졌다.
오오 부스러지는 모래 소리가 되어

나는 여기 정박하리라
버리고 온 기구(祈求)가 밖의 하늘에 사무칠 때까지.

여름을 위하여

간밤의 비바람에도
내 작은 유도화는 안녕하였다.

처마의 슬레이트들이 몸부림치며 날아간 자리
말갛게 남아 있는 하늘과

간밤의 흉흉한 구름 한 조각도 거두어 안았다 뿌리는.
비린 젖을 빨며 시방 자라는
머리칼, 소금기 전 간밤의 머리칼이 가지런히
연두색 엽맥으로 넘치고
꼭두머리에선
유순한 이슬 한 방울로 둥실
떠오르고 마는 하늘과

안녕하였다. 안녕하였다.
내 유도화의,

이제 곧 불타는 여름이 올 것이다.

죽은 풀

풍랑 속에서 몇 개의 별이
떴다가 까라진다.
빨간 등불들이
건너편 언덕에서 미친 듯이 흔들리다가,
벌려진 입술과 이빨 사이로
도기(陶器)와 같이 매끄러운 죽음이
멈추었다.
혓바닥 위에 첫 닿소리를 감고 사라진 소리,
그 소리의 공간에
굳은 어둠의 석고가 채워진다.
정물처럼 일순 모든 것이 빛나고
그리고
사라진다.

불은 꺼졌다.
누가 다시 불을 켤 때까지,
캄캄한
집.
그러나 자세히 보라 긴 어둠 속에 솎아낸 꿈의 힘살이
거기 홀로 깨어
긴장으로 떨고 있다.
보라 남모르게 기다림으로
마른풀은 떨고 있다.

2부

수업

산소—기호 O 원자번호 8 원자량 16000
무색 무미 무취의 기체 원소. 공기의 주요 성분으로 그 체적의 1/5을 차지함. 연소나 호흡에 필요한 원소.

—입구가 넓은 병이 있습니다.
이 속에 불이 붙은 초를 하나 넣고 병마개를 닫습니다.
병 속의 공기를 다 태우고 나면 불은 꺼집니다.
이것이 법칙입니다.
수업은 계속되었다.
—자, 다시 이 속에 떠도는 우리들의 어린 별을 넣어 봅시다.

병마개가 닫히고
납작하게 하늘은 내려앉았다.
누구도 바람에 흔들리진 않았다.
(흔들리는 것은 무서운 일!)
길들여진 아이들은 조심조심
허락된 제 몫의 솜사탕을 핥고 있었다. 바닥이 날 때까지,
그리고 바닥을, 조금씩 가빠지는 숨결도 잊어버리며
능숙해졌다.
달콤하게 더럽혀진 구름을 불러
모든 길을 감추는 법
평화롭게 시드는 법.

허나 때론 유리벽 너머 낯선 눈이, 날아오르는 폭풍과 새들.

한 아이가 일어섰다.
—선생님, 저는 그 별에 꽃씨를 심어보겠습니다.
씨앗은 심겨졌다. 움이 트고,
냉정한 시간도 잠시 머물러서 연한 물관 속으로 흘러들고
어린것들은 자라고
젖은 마르고 자람은 멈추고……

—여러분은 법칙과 모든 법칙적인 죽음을 믿습니까?
—아닙니다. 저는 꽃의 생장을 믿습니다.

꽃은 자유의 나라의 태생.
(법칙을 몰라서 영원히 아름답다.)
솟구치는 힘을 따라
보습처럼 온몸이
갇힌 허공의 살 속으로 파고들었다.
더럽혀진 공기, 재, 일용의 양식, 뿌리.
핏줄로부터는 가장 신선한 산소를 풀어내어
제 꿈의 깊은 하늘을 살찌우고
오, 자라면서 스스로 푸르름을 얻는다.
가냘픈 줄기에 지탱하며 그의 하늘은 넘치고

멈춤 신호를 뛰어넘어, 뛰어넘어
병마개를 밀어낸다.

병마개는 동의한다. 결국, 세상의 출구가 될 것을.
바깥, 광활한 어둠이 열리며
비로소 성년의 별은 빛나고 꽃망울은 터진다.
미래 속으로 두근거리며 다시 꽃씨는 날아가며.

부조(浮彫)

가느단 금줄 위에 앉아 있다.
한밤중과 아침 사이,
똑바로 날개를 펴는 새.
돌 속으로 반쯤만 몸을 숨기며

보이지 않는 쪽으로 더 균형을 잡고
보이지 않는 쪽으로 열기가,
한쪽 눈꺼풀이
어두운 돌의 내부를 열고 바람처럼 달려가고(돌아오
지 않고)

새의 한 눈은
외기(外氣)에 부시다.
사과꽃 향기도 흘러가며
꽃등에들은 그늘에 엎디어 잠든다. 꿈도 없이
무겁게 끌리는 1장의 햇빛과

마당엔 모래들이 잠시 뛰노는 것이 보이고,
보기만 한다.
모래를 비켜 뒷전에 쌓이는
막막한 날개 하나와, 날개와 자라는 그림자는.

천천히 아름드리 공중의 몸이 솟구치고
그 끝, 우뚝 서는 대가람.

돌은 방대한 지붕을 받쳐든다. 시든 풀잎을 밟으며 밟으며

날고 있는 새……

(새의 한 눈은 외기에 갇혀 부시다.)

별을 위하여

나뭇가지 하나가 가늘게 흔들린다.

앉았다 날아간 새의 흔적
하늘 속으로 곧바로 떨어지는
한 마리 새의 죽음을
아무도 지켜보지 않는다.

기침을 하며
문 뒤에서 우리가
불편한 옷을 입고 또 입을 때
북풍에게
한 자락 한 자락 살점을 벗어주는 겨울나무의
몇 줄기 헐벗은 물관이 뚜렷이 살아오르고

나무가 잣는 어둠, 어둠의 높은
촛대 끝엔
쌀쌀한 별이 뜬다.
제 어깨를 허물어 타오르는

불꽃 속으로
희디흰 뼈의 하프를 받쳐들고,
곧바로 날아가는
간결한 한 노래의 죽음을
별을

나뭇가지 하나가 소리 없이 키우고
우리는 아무도 지켜보지 않았다.

죽은 날벌레들을 위하여

어둠에 갇힌 불빛은 뜨겁다.
뜨겁다고 그들은 속삭인다.
전등 갓 안쪽에 까맣게 타 죽은 날벌레들.

들끓는 한낮의 태(胎)로부터 태어난
날개들은 죽었다. '밤을 이해하지 못한' 그들.
제 그리움에 쫓겨
작은 불빛의 덫에 머리를 처박고.
어둠에서 달아나왔던 그들의 배는
멋대로 다시 어둠에 밀려다닐 뿐.

겨드랑에 아직 묻어 있는 햇볕의 분가루는,
흔들리며 구름 속으로 빨려오르는 무더운 수증기의 내음은,
잃은 것이 많아서 꿈 많은 사람들의 꿈속에 들어가
자꾸 날개가 투명해진다.
어둠이 무서웠던 그들.

불을 켜서, 밤마다 우리는 외면했다. 보이지 않는 무서움을.
어둠이 모든 길들을 매장하고
알 수 없는 그의 복면만을 보여줄 때
소름 돋쳐 뛰어간 우리.
에비! 에비!

겨자씨만한 불씨에 겨자씨만한 두 눈 가리고
에비! 헛짚은 우리.

두 눈이 먼 날벌레들은
뜨겁다고 속삭인다. 이제,
꺼버려. 작은 불빛들을 불어버려.
돌아서, 어둠의 허허벌판을 바라보고
바라보며 말하라.

불을 끄면 별이 보인다고.
불 끈 자리에 에워싸는 어둠에도 낯이 익으면
어둠의 맨 밑바닥에서부터 가볍게, 가볍게
떠오르는 별빛.
불을 끄면 밝은 별이 보인다.
어둠에 조금씩 날개를 비비며 날아오르는 것들이.
비로소 더 날아오르는 것을 배우는 것들이.
밤의 유영에 익숙해지고 마는 어떤 힘찬 팔들이.

혼례

울타리 너머 더 너머로 자꾸만 팔을 내뻗는 라일락의,
주인은 그중 바람기 많은 큰 가지를 베어버렸습니다.
마당 한구석에 버려진 가지는
오후 늦게까지, 그냥 반짝이는 잎새들을 팔락팔락 손장난하며 볕바라기
유유히 휘파람이라도 불고 있는 라일락을

나의 잠이 대신 목말라 목말라서
한밤중 방바닥을 쥐어뜯습니다.
벽시계의 종소리가 열두 번 단호하게 건방진 잎새들을 깔아뭉개고
(시들시들한 잠의 얼굴이 먼저 찌부러지고!)

그때, 흙더미를 밀치고 일어선 순 하나, 또 하나……
자정의
무거운 가옥이 빗방울처럼 굴러떨어져 깨어집니다.

가옥을 버린 단출한 여장으로 팔락팔락팔락, 신호가

그리고 오늘 저녁 나는
라일락 가지가 눈팔던 울타리 너머로 이제는 아주 영 날아가버린 것을 알았습니다. 제 바람기를 타고
즐겁게 즐겁게 날아가버렸습니다.

그늘의 깊은 꿈과 꽃들을 데리고 아득히
별과의 혼례.
지금, 훨씬 넓어진 마당 한구석엔
맑고 흰 하늘이 솟아올라
창창한 창창한 바람 소리만 내고 있습니다.

도둑괭이를 위하여

낯선 길들과 길 위의 어둠을 끌고 괭이는 왔다.
쉿 가거라 도둑괭이
집 없는 괭이 도둑괭이
권 없는 괭이 도둑괭이
어둠을 낯가림하며
골목 안의 문들은 덜컥덜컥 닫히고
뿌리박힌 오랜 잠의 가복(家僕)들은 새삼 집 둘레를 단속했다.

모든 담장 밖에서 떠돌며 괭이는 운다.
아무것도 잃어버린 것이 없는 우리를,
가로질린 쇠빗장을 조금씩 조금씩 흔들며
깨어 있는 것들은 운다.
돌아누워 우리가 녹슨 가슴을 재우고 재우는 동안
저 알 수 없는 객지, 밤의 흉중(胸中)에서

하늘을 향해 전신을 치켜들며 여위는 백양나무 한 그루
가장 높은 가지 끝에
별로부터의 송신(送信)이 새처럼 와 앉아 반짝반짝 떨리고
잠든 풀잎들의 뒷면을 뒤집으며
바람은 분다.
모든 줄기찬 바람기들 속으로 오르내리며
하나의 손이 켜고 있는 바이올린, 먼 폭풍처럼,

문밖에서 두 개의 눈이 불타며 떠날 때

잠들지 못한 꿈들은 일어나 몰래 소리를 따라 나간다.
머리칼을 펄럭이며, 거기서부터 시작되는 바다……
소등한 집을 버리고
가거라 도둑괭이
집 없는 괭이 도둑괭이
쥔 없는 괭이 도둑괭이

소양호 전경

말하지 않습니다
입술을 누르는
한 손가락
의문부로 하늘은 와서 멎고
말하지 않습니다
강물도 갈바람에
추워, 추워
서로 몸 비비며 잔물살로 한데 모일지라도

말하지 않습니다
차츰 허물어져 물밑에 눕는
이 산의 흙
이 산의 풀잎

때는 만수위,
물은 깔깔거리며
햇볕은,
저 혼자 무르익는 은행나무 턱밑에서 차고 돌지만

살아 있는 것들은 섬이 되어
외따로 뜨고

말하지 않습니다
말하지 않아도 빛나고 빛나며

당당하게
한 그루 은행나무는 불타올라
스스로 제 불길을 끌어안으며

올빼미

물리 선생은 인기가 없었다.
5분 늦게 들어와 5분 일찍 나가고
그의 입에선 죽은 말들이 중얼중얼 흩어지고
우리가 떠들어도 그는 창밖을 쳐다보았다.
그때 유리를 깨부술 듯 밝은 창밖의 햇빛.

그는 젊지도 늙지도 않았고
발밑의 아이들을 사랑하지 않는
그의 주름살은 희고 굵어
어둠 위에서 떠돌았다.

굽은 가지 위에서 식욕이 없다 올빼미는.
밤의 저쪽을 물끄러미 보고 있는 올빼미
산능금 향기도
여울도
그를 꾀어내지 못했다.

꾀어내지 못했다 우리는
분필과 아르키메데스의 원리를, 법칙을 사랑하지 않는
물리 선생을
불러 세우지 못했다.
그래서 그는 가버렸다.

한 천문학자를 위하여

—이솝에게

천문학자는 발을 헛디딥니다.
별을 본 눈은 발밑에 어둡습니다.
그는 허방에 빠집니다.
(우리는 모두 허방에 빠집니다.)

돌아보지 마시오라고
하나의 길만이 하얗게 떠오르는 어둠 속입니다.
사랑스럽게 반짝반짝 어둠을 지키는
그의 삶의 별,
그의 삶의 발밑.

헛디디며 헛디디며 갑니다.
지상을 돌아보는 사람 지상의 허방에 빠지고,
별을 바라보는 그 사람
별의 허방에 빠지고,
더럽혀진 발들은 걸어갑니다.
(우리는 모두 허방에 빠집니다.)

발은 슬퍼할 리 없습니다.
그가 별의 노래를 부르면
그의 발은 그의 노래의 발,
땅 위의 모든 날개들이 지쳐 쉬는 한순간
노래는 솟구쳐 별에 닿습니다.

슬픔에는 슬픔의 그늘

자기 자신을 껴안는 법을 배워야지. 세상은 발붙일 데 없어. 8월 염천 불같이 달아오른 슬레이트 지붕, 한 발자국만 미끄러져도 살이 데고

호박 넝쿨은 추녀 끝에서 여직 멈칫거리지. 멈칫거릴 시간은 없어. 여름은 곧 가고—허공중에선 누구나 붙잡을 데 더듬는 덩굴손이 되는데, 필요한 것은 시간과 사랑. 태양이 그의 화로를 달구기 전에 태양보다 빨리 잎 피우는 일, 제 그늘 속에 저의 발을 담그는 일.

살아 있는 것들에선, 끊임없이 수분이 증발하고

가르쳐주지 않아도 알아. 불볕 드실대는 한낮과 길고 오랜 비 몰아치는 밤을 위하여 집 짓는 사람들. 등뒤에서 느닷없이 무릎 꺾여 꿇어앉기 전에 지붕 위에서건 어디서건 다시 튼튼한 지붕 올리고 땀에 젖은 꿈 하나 고이 들이는 그들.

슬픔이 슬픔의 튼튼한 잎새 하나 펴올려서
슬픔에는 슬픔의 그늘 주는 일
고통에는 고통의 그늘 주는 일

자기 자신을 껴안는 법을 배워야지. 8월 염천 불같이 달아오른 슬레이트 지붕 위로 기적처럼 무성한 호박 넝

쿨, 꽃 필 것 다 필 때.

맨 처음 놓이는 돌은 땅속에 있다

그대는 그대의 집을 짓는다.
맨 처음 놓이는 돌은 땅속에 깊이 감추고
집은 이웃고 추녀 끝으로
그대의 것이 아닌 구름 한자락도 곁눈질한다.
집은 이미 꿈꿀 줄 안다.
꿈속에서 사들이는 집의 땅은 하늘 몇십 평 혹은 몇백 평.

집의 이마는 하늘의 정원에서 빛나고
맨 처음의 돌들은 땅속에 있다.
서까래가 기울고
회벽이 무너지고
철거반의 해머 소리 밑에
집들과 집들의 꿈이 납작해질 때에도
그 자리에 다시 그대의 다른 집을 지을 때에도

화석, 지푸라기, 눈물, 뼈, 죽은 개, 현실, 지렁이들
함께 의좋게

땅속에서 어둠은 기름지다.
버린 개숫물도 수줍게 눈떠 흐르고
일어섰다가 느닷없이 무릎 꿇린 꿈들의 무덤,
진흙 속에 팽개친
그대의 두 발도 눈뜬 채 서성이며

문드러지는 과일의 살에 맹렬히 뿌리박는다, 씨앗은.
어느 날 갑자기 보지 않았느냐.
더이상 쓰러질 것 없어 집터엔
여린 풀대궁 하나 솟고
이쁘디이쁘게 핀 민들레꽃 위론 의당
종속절로 따르는 하늘.

맨 처음 놓이는 돌은 땅속에 있다.

흉상

그의 가슴은 가장 낮은 하늘로 가라앉아
땅의 뿌리에 닿아 있다.
세상은 춥거나 지독히 덥고
어린 나무들은 여린 잎을 내다가 말라붙고 바람은 우왕좌왕
동쪽으론가 하면 또 서쪽으로
거친 모래들을 휩쓸어갈 때,
취하지 않고
노래하지 않고
바위처럼 조금씩 홈이 패며 그는 거기, 떨어져 놓여 있다.
무겁게 밤은, 그의 속으로부터 내려덮인다.

파도치는 마을과 거리에서
흥에 겨워 떠오르는 인광(燐光)들. 기대며 밀치며
잠시의 햇빛은, 어둠은 다디달고,
화포(畵布) 밖에서 홀로 그는 바라본다. 원경 또는 이면.
눈을 크게 뜨고
오 다만 눈을 크게 뜨고 조용히
한 방향만을 열렬히 흘러가는 물인 그리움.
물에 닿으면 풍경은 녹아
물이 되어 돌아오고,
홀로 영원히 멈추어 있는 사나이.

헝클어진 채 미동 않는 그의 머리께에서 문득

한 마리 흰나비는 날아간다.

주기도문을 지우며 한 줄기 섬광이, 예감이, 모든 캔버스를 넘어서

거대한 사막으로

사막으로, 넘치는 자유의 희박한 공기 속으로

백열하는 태양의 중심에서 한 방울 눈물처럼 타버리는 나비의 아름다운 죽음을

바라보며 목마른 사나이.

취하지 않고, 영구히 '바라볼 것'을 하명받은 사나이.

3부

만나지 못하는 그대의 말

바다에는 비가 내리고 있다.

가늘게
피아니시모의
그대의 내민 손이 빗발에 구겨져 떨어진다.
내 손이 닿기 전
내 노래가 닿기 전,
만나지 못하는 그대의 말이
빗속에 녹아버린다.

몸부림 하나 없이 풍경이 기울고,
흉몽이다
나는 쓰러져 사라져가는
바다의 살갗을
양팔에 안고 소리친다.
깨어라깨어라깨어라
그러나 빠져나오지 못하는 꿈에 갇혀
바다의 무게는 하강한다.

오직
회색 모래의 돌기들만 줄지어
차갑게 남으며.

맨홀을 믿지 않는 당신에게

당신은 믿는다,
여름, 오후 두시의 명백한 태양을.
파헤쳐진 길가 공사장과
공사장 위에 마침내 세워지는 백화점을,
백화점 안에 정연한 정가표들을.

(이 도시는 수많은 맨홀들을 기르고 있다.)

당신은 믿지 않는다.
만져지지 않는 별을 믿지 않듯이
사라져 보이지 않는 것들,
보이지 않는 곳에 낮게 흐르는 물소리와
느닷없이 어느 날, 맨홀 속으로
곤두박질치는 사내들을.

(음험한 모든 구멍들 위에
당신의 의자는 놓여 있다.)

어느 날 아침의 그레고르 잠자
당신의 집이 한 장 파지로 가벼이 구겨지고
거미처럼 흔들리는 발들이
뜬 공중에 잠시 버둥거릴 때까지.

추락하는 당신을 위하여

도시는 그의 단단한 어깨 뒤로 한순간,
끝없이 황량한 들판을 보여준다.
어둠의 가장 깊고 부드러운 주머니 밑에서야
바라다보인다, 빛나는 하늘.
멀고 멀어서 빛나는 하늘.

사라진 사람들은 여기 있다, 그들의 맨홀 속에
태아처럼 꼬부려 앉아
씨앗이거나, 뿌리거나, 뿌리 사이에 머문 지렁이거나
남모르게 혼자 자라는 것들.
아무도 들어줄 이 없는 말들이
저 혼자 민들레 솜털같이 날았다
분분히 떨어지는
어둠의 밭.

지상의 확실한 다리들이 확실한 사물 위로 걸어갈 때
축축한 지하에서
홀로 불확실한 당신.
헐리는 백화점을 믿지 못하고
새로 세워진 아파트를 믿지 못하는 당신.
잊혀진 당신.

(이 도시가 신비로운 것은 숨겨진 맨홀들이 있기 때문이다.)

나의 평화주의

나의 평화주의, 친구도 적도 베지 않는다.
한 근 혹은 반 근 뭉그러진 꿈의 힘살을
쩔쩔매며 물고 흔들 뿐.

더럽혀질수록 옷은 편안하다. 온몸이 편안해…… 잠이 온다.
더 기다릴 소식도 없다고 까라져 누운 나의 잠,
아무리 힘주어 틀어도
수돗물은 오늘도 나오지 않는다.

칼 갈라고 한 사내가 소리소리치며
골목 끝에서 떠올랐다 저편 끝으로 사라진다.
소리 하나가 남아서 베개 위에
무지막지한 발을 올려놓는다.

나의 칼은 평화주의, 칼날이 들지 않지만
오이나 무와도 화해하고
체념과도 나란히 타협하지만

칼 갈라고 한 사내가 소리소리치며
지평선에서 떠올랐다 서쪽으로 사라진다.
소리 하나가 남아서
내 잠의 머리카락을 질겅질겅 씹으며 귓불을 핥으며
급기야 따귀를 올려붙인다.

왈칵, 비명을 지르며 수도꼭지가 깨어난다. 붉은 물.
녹슨 내장을 닦으며 종일 무릎 꿇고 기어온 울음,
나의 자정의 물.

금지! 금지!

이곳은 저곳에게 금지되어 있다.

모든 이곳은 모든 저곳에게, 모든 울타리는 다른 모든 울타리에 대해

금지되어 있다.

금지! 금지!

수많은 이유의 팻말들을 주렁주렁 달고 철조망. 그리고 평화로운 시민들의 산책.

하나 둘 셋…… 다섯…… 열 10보 만에 우향우!

다시 하나 둘…… 10보 만에 우향우!

조심해. 잘못하면 철조망에 이마를 찢긴다.

그 길은 이 길에겐 금지되어 있다.

—모든 길은 다 로마로 통한다.

—로마는 어디에 있는가?

모든 육지와 바다. 섬. 모든 국경선의 안녕과 질서.

날줄과 씨줄로 자세히 구분된 지도를

아무리 들여다보아도 로마는 아무데도 없다.

로마는 너무 세분되어서 보이지 않는다.

쪼개고 쪼갠 콩 한 조각. 그대의 양식.

그것으로 그대는 아무와도 나누어 먹지 않아도 좋다.

꿈은 날개를 달고 모든 금지된 계곡을 넘어간다.

현실적으로, 꿈은 날개를 펄럭이며 모든 금지된 계곡을 넘어간다.

즐겁게 꿈을 바라보는 자는 더이상 지도 앞에서
세계를 훔치지 않는다.

맹금나무 열매처럼, 몇 점 단단한 핏방울도 매달며
안개 속으로 나는 걸어들어갔다.
어두운 방의 거울 앞에서처럼, 저 너머에서 마주 다가
오는
한 금지된 사람과 마주치기 위하여.
차고 쓸쓸한 안개는, 마술이 풀리기 직전같이, 더 캄캄
해졌다.

자운영 꽃밭에서의 일기

부끄러 속살 감추려도
감출 속살이나 어디 있나요?
부끄러 흙 덮을 이름자나 어디 있나요?
우리는 다만 우리
고만고만한 키라서
얽히고, 뒤집히고,
외로움은 외로움끼리 뺨 비벼
모여 살아
외롭지도 않다는데요.

아무 겨를 없이
맛도 없이
잊어버리기만을 향하여
열렬히 열렬히 손을 흔들며,
평화롭답니다.
어린것이 첫울음 울기도 전에
삼신할미는 신속히 출산을 끝내고
대문간에서 죽음도
으스름같이 오래 서성대진 않아
탈색한 먼지 몇 개만 한없이 떠도는 햇빛 나라—

들여다보면 그래도
꽃잎 속엔 씨방, 씨방 속에 아직
싹이 파란 죄.

누가 보았나요? 우리는 아무도 보지 못하고
누가 보았나요?
꽃 한 송이 새로 필 때
(피는 것은 언제나 한 송이)
밝고 나직한 유리의 하늘
피 몇 방울 떨어져
치륵치륵 타들어가지만
그것은 우리 몫이 아니라는데요.
누구 몫이냐구요? 물음도 우리 몫은 아니라는데요.

길섶에는 질경이들이

식구들은 다시 이사를 한다.
천문대도 망원경도 없이
머리 위에 바라볼 무엇도 없이

길 위에 남은 낡은 리어카.
놋쇠 장석 달린 장롱과 양은그릇들과
묵은 이불 개키고
집이 없는 그들.
묵묵히 자갈을 차는 닳은 발을 데리고
골목길을 돌아가는 그들.
그들은 웃는다.
작디작은 하루가 길의 꺼진 쪽으로 굴러내리고

가장 꺼진 땅에선 솟는 웃음소리.
꽃 피는 대낮, 보드라운 꽃의 살을 잊어버린
보드라움. 먼지의 보드라움.
식구들은 웃는다.
한때는 멀리 보이지 않는 길의 끝을 바라보던 그들.
한때는 날개 달린 마차를 준비하던 그들.
말을 놓친 그들.

가느단 말채찍 하나 없이 이제
온순한 리어카를 미는 그들.
온순하게 웃는 그들.

모퉁이 길을 돌아 빤히 뵈는 대문까지
낮은 추녀 달린, 다시 남의 지붕 밑까지
식구들은 이사를 한다.

오려붙이기 그림처럼, 길섶에는 흙투성이 질경이들이
납작 붙어 있다.
바람이 불면 그래도
우우 흔들리는 잎들은.

깨끗한 마당

내 마당은 깨끗합니다.
아무 죄 지은 흔적도 없이,
하얗고 반반한 시멘트 블록.
정숙주의자인 그. 잡풀을, 반란을 두려워합니다.
허나 실례지만, 석녀인 그. 아주 단정하지만,
건전한 입주자의 권리와 의무를 논하지만,
나는 단지, 다시 한번 그의 면전에 새로운 발자국을 찍어놓을 뿐입니다.

(옛날이던가요?
촌스럽게 궂은 황톳길에서 발자국은 작은 웅덩이가 되어
장마 뒤 눈부신 푸른 하늘 한 조각도 비쳤습니다.
하루살이 알을 깨우고 장구벌레 물매미들도 키웠습니다.
왕성하게 키웠습니다.)

꿈. 짧고 괴로운 꿈. 사이사이 어둠.
여름밤은 37도 5부쯤의 미열로 떠돕니다.
달콤하게 늘어진 살갗을 모기가 뭅니다.
모기는 발자국의 더러운 웅덩이에서 들떠 날아온 것입니다.
벌레들, 물것들, 모기, 살아 있는 것들. 잠들려 하는 땅을 물어 깨우는 것들 사이에서
거칠 것 없이 당당한 아침은 옵니다.

아침에, 시멘트 블록의 마당은 맨숭맨숭 여전히 말짱합니다.

그렇군요. 말짱하군요.

그래도 나는 오늘도 진흙투성이가 되어 돌아와
진흙투성이 발로 깨끗한 그 얼굴을 짓밟을 것입니다.
깊이, 팬 발자국.
맨정신인 그의 정신의 두꺼운 껍질을
37도 5부에 취해서 나는 짓밟습니다.

조리법

가장 단단한 마늘도 늙은 햇빛 아래서 옷을 벗기운다.
숨을 길 없는 독(毒)의 그 연한 살.
연한 살에 어울리는 부드러운 손이 와서
식초와 설탕과 간장과 뒤섞을 때
제맛도 남의 맛도 아니 됨을 배울 것,
이를테면 맛을 내는 법
혹은 맛의 목을 비틀어 죽이는 법

항아리에선 물이 설설 끓고
아리고 매운 혼의 털을 뽑아서
한량없이 새콤달콤한 한바다에 처박는 법

마늘이 자신임을 저버릴 때 그러하다. 벼랑 끝에서
잠 속으로 밀려 떨어질 때는 누구라도
두어 모금 피를 쏟고야 잠잠해지지.
그것이 무엇이었을까,
기다림도 잊어버린다는 좋은 일……
정말 무엇을 위해 숨죽여야 하는지 모른다 해도

아무 상에나 오르는,
이미 숨죽인 것의 평화.
내 몸속 피를 비우며 대신
방울방울 마취제가 핏줄을 돌고
어렴풋한 취기 속에서,

천장에 머리를 부딪는 다급한 새소리가 들린다.
내가 키우던 시계는 고장이다.
때도 없이 울리는 자명종.
먼 복도 끝에서 한없이 풀리고 있는 태엽.

정전

아무데도 아픈 데가 없어.
엄지와 검지 사이에서, 은빛 강철의 뜨개바늘이 꿰는
아침과 저녁.
나는 몇 번이고 코를 잘못 꿰었다.
컵 안엔 잘 가두어진 양파의 투명한 실뿌리,
어둡도록 길가에서 울고 있는 아이들이
이제 아무렇지 않아.

여름 되면서 정전이 잦았다.
낡은 두꺼비집은 접촉 불량.
헐거워진 나사에서 빛이 빠져나가며
집 밖으로 아픔도 함께 끌고 나간다.
TV 뉴스의 무성한 소음이
단칼에 잘려 넘어지고

누군가 대문을 쾅 닫는다.
세포들이 캄캄하게 문을 걸어 잠그고
안심한다.
아직 셈은 끝나지 않았어도, 안식은 안식.

미래는 한번도 완성되지 않았지.
등뒤에서부터 커다란 호랑나비처럼, 그림자인 두 손이
와서
내 눈을 감춘다.

손을 들어올려도 이미 보이지 않아. 아무도 손을 잡지 않으므로,
손은 존재하지 않아.

뜨개바늘이 손가락을 찌르고 찔러도
바늘에 닿는 것은 우리 몸속의 허공일 뿐.
쓰리거나 가렵지도 않아.
잠이나 자라고 친절한 어둠이 자리를 깔고,
아무데도 아픈 데가 없어.
넋 나간 집들은 어둠 위에 둥둥 뜬 묵음(默音).
우리 모두 정전.

선로 불통

기차는 더이상 나가지 않는다.
전방에서 소리 없이 길이
밤 강물에 쓸리고,
당 열차는 선로 불통으로 인하여 앞으로 얼마 동안
정차되겠습니다……
목소리로만 공중에 전달되는 경고.
무성히 빗줄기가 자라는 들판 가운데서
우리는 멈춘다.
별이 없다.

차창을 바라보면
차창만한 어둠이 막아선다.
어둠은, 거대한 외국어 교본처럼 떠들며
침묵한다. 하드 커버의 단단한 수직.
머리카락 혹은 손가락 끝 삐죽삐죽 엿보이며
책갈피 사이에 숨어 있는
알 수 없는 적들.

당 열차는 선로 불통으로 인하여 앞으로 얼마 동안 더
정차되겠습니다……
그리움은 더이상 나가지 않는다.
옷 속에서 차갑게 움츠린 그리움의 사지(四肢).
역은 기차보다 앞서 있고
한 시간

혹은 한 생애 두고
역은 언제나 기차보다 앞서 있고

아침은 언제나 어둠보다 앞서 있다고
이미 떨어진 꽃잎처럼
꼼짝하지 않는,
묶인 기차에 묶여서 우리
제각기 멈춘 기차 되어 헤어지면서
어둠의 낱장으로 끼어들면서……

못박힌다.
불 꺼진 무서움, 들판에서.

우는 아이를 위하여

한 아이가 울고 있다,
부신 쇼윈도 앞에서, 조그맣게 그의 어둠 속에 갇혀.
아가야, 울지 마라 울지 마,
어머니의 동화는 우리를 달랬다.
……그래서 그들은 오래오래 행복하게 살았더라는
언제나 행복하게 끝나는 이야기.
공주와 왕자는 그 후로 한번도 울지 않았으므로
이제 아무도 울지 않는 나라에서
한 아이가.

저것은 돌이다. 방해석이라 불린다. 무기물.
저것은 집이다.
시가 이천만 원 상당 혹은 이천오백만 원.
그리고 저것은 '눈물'이다.

그것은 '눈물'이다. 그저, 분명한 사실들.

밝고 깨끗한 아파트의 빈방들이
빈 눈으로
울고 있는 아이를 보고 있다.
텔레비전 화면 위에서처럼
국경 밖에서처럼 멀리멀리, 흘러가는 그림처럼.
그림처럼 아름다운 나라에서
조용히 얼어붙은 아름다운 눈으로 우리는 명백한 이름

들을 보았다.
설명할 수 있는 모든 것.
H_2O, 약간의 NaCl.

……그래서 그들은 오래오래 행복하게 살았더란다.
너무 빨리 완성된 어머니의 나라.
완성되어서 우는 법을 잊어버린 새들과
끊임없이 외국어로 피고 지는
꽃들의 길
행복한 나라의 사람들은 길 따라 가고

어머니는 이제 돌아오지 않는다.
15층 아파트의 유리창마다 이마를 짓찧는 노을빛.
한 아이만 남아서,
울고 있다.
낯설게, 저 혼자 새로 시작하는 동화처럼.

그대는 집을 원하지 않는가

내가 돌아왔을 때, 집은
그 시간에도 조용히 낡아가고 있는 중이었다.
이 늙은 집은, 얇은 판자벽은,
끈질기게, 침몰을 그리워하며 굽은 허리를
접으며 꿇어앉으며
마침내 흙 위에 편히 무너진 온몸을 누이는 꿈을,
그러나 기둥들은 말라비틀어진 채 완강히 지붕을 받들며
아직 고집하고 있다.
—오 그대 영원한 파르테논을 보지 않았는가?

사나운 침묵 속에서 각 부분들은 타협하지 못한다.
타협하지 못하므로 아직 무사한 집.

오늘밤에는 비가 온다.
울부짖는 폭우가, 부실한 처마밑을 넘쳐들며 급기야
한쪽 벽이 흠뻑 젖으며 지붕도 새고
안식의 천사는 놀라 다른 안전한 집으로 달아나버린다.
젖은 이불 속에선 천사도 감기가 든다.
차라리, 하고
흠씬 젖어서 나는 말했다. 무너지려무나.
폐허는 평등하고 왕궁이건 슬레이트 집이건 폐허 위에서 햇빛은 훨씬 아름답다.

우리는 너무 오래 머물렀다.

거미와 쥐새끼들과 많은 틈바구니와 함께,
소리 없이 부실부실 떨어지는 먼지의 관을 얹고
우리는 함께 부서져간다.
무너지려무나. 차라리 그대가 짓밟은 터전에 들꽃이나 무성히 피게 하고
집 없는 즐거운 바람 하나 온종일 떠돌게 하려무나.

벽은 수긍하고 그의 얼굴에 하나의 균열을 더했다.
기둥들은 삐걱이며 한층 더 헐떡이며 대답했다.
—오 그대 영원한 파르테논을 보지 않았는가?

망상, 부끄러움을 모르는 망상.
화가 치밀어 나는 밖으로 뛰쳐나갔다. 어디로?
남의 집 추녀 아래 쪼그리고 비를 긋던 밤바람이
따라붙으며 물었다. 나지막이,
그대는 집을 원하지 않는가?
—그대는 영원한 파르테논을 원하지 않는가?

4부

하나의 관찰기록

아침마다 싱싱한 비명을 지르며 빨갛게 상처를 벌리던 산다화(山茶花)들이 안락사를 택한다 갑자기 하늘은 퍼들퍼들한 생선 비린내가 가시고 떨어지던 햇빛이 하얗게 깎여 정지한다 늪의 고요한 입술 위에. 풍경의 배후가 사라지고 그 자리 납의 단면이 솟아올라 침묵의 찬 얼굴을 맞대온다.

늪에는 골풀들이 흔들리지 않는다. 아픔이 골풀의 혼을 빠져나갔다. 엽맥 사이 그림자를 벗어놓고 도처에서 아픔이 가출했다. 나는 가서 아픔의 집의 텅 빈 고독, 고독의 무거운 잠과 만난다. 구김살 하나 없이 반듯하게 행인들은 조명 속에 지나가고 사는 것을 잊어버린 들판이 산만한 꿈으로 길 밖에 눕는다.

지하실에는 어둠의 비밀스런 찌끼가 남는다. 내의 속에도 한 겹 어둠이 남아 내 살을 두르고 죄를 키운다 개처럼 털을 세우는 울음. 광막한 습지가 하나 발목을 사로잡는다. 강물이 증류수의 목소리로 허공을 밀고 간 자리, 말(言)은 솔기를 접고 문간에 하염없이 앉아 있다. 아픔이 뒷모습만으로 떠난 거리를 바라보며 바라보며 개처럼.

피에로를 위하여

멜빵 달린 바지를 입고 그는 무대에 섭니다.
찰리 채플린
인사를 하고,
교묘히 웃습니다.

웃음으로 그의 길을 삼으려고
웃음으로 어느 먼 타향에 닿으려고
그의 관중들, 그의 애인들, 사자들, 돌들
돌들의 마을에 닿으려고
자갈밭을 밟고 서서, 들립니까? 아 여보세요
여보세요 레슨 투웰브를 펴세요 듣습니까?
들어요? 들어요 들어줘요

햇빛과 같은 침묵
그의 얼굴은 아득한 흰 점
객석을 향해
필사적으로, 교묘히 웃습니다. 들어줘요
멜빵 달린 바지를 입고
찰리 채플린

그는 사라지는 말(言)들을 봅니다.
서풍에 쓸리는 구름, 재빨리 쓰러지는 일모(日募)를.

그는 홀로 밤 속에 남습니다.

밤 속으로 걸어들어가며 떨며 그는 웃습니다.
다른 곳에서 빛나는 햇빛
거대하게 말없이 빛나는 햇빛, 들어줘요.

집

저녁이면 돌아온다. 진눈깨비의 옷깃을 세우고
다져진 추위 한자락으로
구름도
구름의 집으로 돌아온다.
안식하기 위하여

말없이 하루는 옷을 벗고 눕지만
들키지 않으려, 괴로움이 부끄럽게 뱀처럼 울어
울음에 고운 때 앉는 사사로운 소리가
대신 일어서 서성거린다.
외풍이 따라와 허수히 전신이 나부끼고
눈을 뜨면 누군가
어둔 하늘의 미간도 보여주어

내 아직도 집에 닿지 못했구나 아직도 거친 들에서,
북풍에 미친 듯 흔들리는 사시나무숲으로
들어가라 들어가라
따스히 불 지핀 시간의 누룩이
아니라
팽개친 이 암담이 그대의 집이다……

습관의 발 닿는 곳
언제나 무너지고
무너짐만이 확고히 남아서 반겨,

소리치면
황야의 한쪽 어깨만 스산히 드러나 대답할 때

돌이켜
어둠에 살 에이며 눈보라는 가서
삼림에 감추어진 나의 잠과 만난다.
굳게 빗장 지른 눈동자 안에
쓸쓸한 별 하나 뜰 때
별이 볼 건가
어딘지 거기
혼자 편히 비어 있는 처소를
별이 볼 건가.

완전히 어두워지지 못하여

바람에 지상의 그림자들이 불려가고
말(言)들도 소등하고
완전히 어두워지기 위하여
저녁은 서둘러 서산을 넘지만

시간의 발을 따르지 못하고
당신은
산의 이쪽에
아직 남는다.

완전히 어두워지지 못하여
아직 황혼인 당신은,
들의 말없는 바랭이풀
실뿌리 몇 올 빌려
잠잠히 괸
땅의 단잠도 훔치지 못하고
아득히 별 하나에도 손 닿지 못하니

당신 대신
당신의 흐린 눈물이나 승천시킬 뿐
깨어서 오래 헤매는
맨발은 가서
꿈의 마른 자갈밭이나 닳게 할 뿐.

무엇인가
황혼 속에
오늘의 마지막 하루살이떼들은 춤추며
모이지만
허방 깊이깊이 추락하는 저것은, 저 이름은.

당신의 노래의 회색 공간 안
똑바로 이마를 마주보며
넘지 못한 산이
아직 남는다.

비에게

하늘에서
아무 할일도 발견하지 못하여 떠돌다
그저 지상에도 내려보지만
쓸쓸하게 비어 있는 자리마다
그대의 젖은 전신을 뉘어보지만

'살기 위해서가 아니라
죽기 위해서 모인' 사람들의
지붕, 끝없는 지붕, 지붕과 지붕의
칙칙한 기왓장을 딛는
그대는 오직
그대의 발소리만 만난다.

저물 무렵, 땅 위의 사람들은
하루치만큼 모래가 된 피를 가슴에서 털어내고
한 옥타브 낮아진 체온을 점검한 뒤
병세 변화 없음
현재로선 회복될 가망 보이지 않음.
그날의 소견서를 이불 삼아
웅크려 괴로운 잠에 들 뿐이니

이 마을에 누가 있어
그대의 번갯불을 놀라 볼 것인가.
창밖에서 아무리 서성인들

그대의 찬 맨발을
누가 들여
따스히 녹여줄 것인가.

그대의 고적(孤寂)이 홀로
들의 키 큰 포플러를 적시고
빈 개울에 큰 소리 하나 되어 넘친다 해도
개울 바닥의 자갈 속엔 스미지 못하고
아무도 눈뜨지 않는
마을의 어둔 꿈속엔
더욱 닿지 못한다.

하얗게 바랜 입술의 장다리꽃 한 송이
마지막 살아 있는 슬픔처럼
흔들리는
이 지상,
지상에서 아무 할일도 발견하지 못하면
그대는
장다리꽃 뿌리를 따라
그저 지하에나 내려가볼 일이다.

파도법(法)

겨울에 이 버드나무는 사는 법을 묻지 않는다.
길을 묻는 것은
버들의 빈 가지 사이를 부산히 지나는
바람뿐이다.

양지에 춤추며 나는 먼지, 먼지보다 가볍게
가볍게 저리도 출렁이는
가지들.
어두운 땅 밑에서부터 춘삼월이
졸음에 아직 취한 채
제일 먼저 떠오르고 마는 곳이 이 파도 끝.

봐라, 스스럼없이 파도는 춘삼월과 친하고
이쁜 연둣빛 손톱들도 자라게 두어
그늘은 한여름을 살찌우지만,
한여름에도 이 버드나무는 묻는 법을 잊어버린다.
즐겁게 즐겁게 산발하는 머리채가 가렵지 않아서.

길에는 의논 좋게 가는 한 쌍의 애인들.
여자의 머리채가 자연히 한쪽으로 기울어진다.
부드럽게 아, 부드럽게 나부껴 닿는
남자의 어깨 위에 커다란 해바라기꽃이 피고
눈부시게 걸어가는 해바라기의 금빛
불티 몇 조각만 훔쳐간다, 바람은.

훔쳐서 간다. 다만
이 파도의 법,
파도가 달리며 쳐다보는 한 방향을.
버드나무는 무심히 길을 풀어주고 풀어주고 한다.

떠도는 자의 노래

바람은 여기서 버린다.

땅의 율법과 마찬가지로 하늘의,
스스로의 법
또한
스스로를

어디로 가랴
황당하게 푸른
하늘의 저 벗은 몸

눈 둘 곳 몰라
바람은 가볍고, 가벼이
그저 갈 뿐

바람이 버리는
꿈, 고독, 사랑, 절망…… 이런 말
바람이 믿지 않는
배경의,
이 영원한 배경의 길과 길들

누가 보았으랴
무참하게 간결한
몇 개의 선이

깊고 긴 사물의 잠을 자르고 지남을

흐르는 강물을 노래함

1

이제 보아라 소리 없이 흐르는
강은 빛나지 않고 빛나는 것들 위를 지나
다만 빛나지 않고
이곳에 이르며
이르며 이미 이곳을 버린다.

보아라 강물이
있다
잘 알겠다
오밤중에도 눈먼 잠 속에서도,
강물은 말하지 않고
떠나면서
여기
있으니

2

지난여름이 그의 몸을 버리는
강에 나가
강이 키우는 습지
습지의 풀을 만나보셨습니까
여름이 버린 뙤약볕 불타버린
여름의 죄
죽어서 썩어가는 말(言)들 위에 뿌리박고

독수리처럼 날카롭게 강물의 옆구리를 휘감으며
땀에 젖는
저 무섭게 푸른 풀밭을 만났습니까
미풍이 불 때마다 열렬히 손을 흔드는,
흐린 강물이 키운
풀잎의 저 순결한 피를 만났습니까

3
떠나가리
아무 물음도 없이 어둠은,
사랑은, 잠시
집을 짓지 않는 햇살도 즐겁게 즐겁게

멈추어도 잠시만 발 멈추는 그대,
질문에는 알몸이나 따스히 내보이고

지금
어린 버들의 뿌리를 적시며……
부신 듯이 또 잊으며 간다
(잊혀져서 감미롭게 키 크는 버들!)

바람 부는 대로 허공중 열리어
길도 시우고
흘러서 가리 축복은,

헛되이 목 쉰 모든 물음의 무덤을 지나
풀꽃 하나 웃고 있는 그
웃음 뒤에 웃음
뒤에 올 웃음까지 지나

우화

웃음엣소리나 하자
풀꽃 하나 다른 풀꽃을 보고 속삭입니다.
웃음엣소리나 하자 웃음엣소리나 하자
한쪽으로 온몸이 기울어지며 다른 귀와 다른 귀들로
전해가는
다른 입과 다른 입으로 전해가는
이 빈터
웃음엣소리나 하자
풀밭은 따뜻한 습지에 발을 묻고
흐르는 강물에게 속삭입니다 오, 흐르는 강물에게
전해가는 이 빈터
강물은 어디까지나 빈터를 끌고 가서
범람하는 큰 울음의 하구에 그를 버리고
바다가 됩니다.
시든 원경(遠景)이 모두 와서 익사하는
먼 그 바다를 향해
풀꽃은 하냥 속삭입니다.

5부

콩알 하나

—동화 1

가난한 한 아이가 콩알 하나를 심었습니다.
좁은 뜨락 수챗구멍 옆에 조그마한 밭.
(씨앗이 있어 봄은 행복합니다.)
땅 밑으로는 구정물이, 삭은 밥알과 시궁쥐의 외침이,
그러나 콩알과 아이는 뿌리를 내리고
먼먼 햇빛 오는 쪽으로 발돋움했습니다.
낯설게 빛나는 것들이 모여 사는 하늘동네를, 꿈꾸었습니다.

꿈꾸는 땅은 마술이 자라는 땅.
마술을 믿는 만큼 콩도 자랍니다.
지친 어른들이 아무것도 더 쳐다보지 않을 때,
파란 덩굴손은 열렬히 손을 내뻗고
까마득히 하늘을 휘감습니다.
콩나무가 있으므로,
별들도 비로소 가지 끝에서, 수액을 빨아먹고 반짝입니다.

콩나무 줄기를 타고 아이는 하늘로 올라가봅니다.
아직 우리들의 시간 속엔 도착하지 않은
무슨 비밀을 만나봅니다.
그리고 내려옵니다.
다시 제 집 좁은 뜨락,
콩나무가 있어 아름다운 뜨락의 하늘에.

가난한 한 아이가 콩알 하나를 심었습니다.
좁은 뜨락 수챗구멍 옆에 조그마한 밭.
(씨앗이 있어 봄은 행복합니다.)

신데렐라

—동화 2

어디서나 자정은 다가오고
순간순간
마술은 풀립니다.

불 꺼진 부엌. 더러운 접시. 바퀴벌레. 말라 죽은 구근.
우물은 얼어붙고
집은 아무도 그리워하지 않는데,
집으로 가는 자갈길 위에 동그마니 작은 여자는 돌아옵니다.

유리구두는 스러지지 않습니다.
한 짝뿐인 구두에 발을 절면서, 한 발은 맨발. 발은 채고, 긁히고,
어두워서 더욱 반짝반짝 빛나는
유리구두의 암호.

스러지지 않는다고 꿈의 나라는
유리구두 속엔 확고한 발이,
끝없이 상승하는 계단과 촛불이, 장미가 다시 타오릅니다.
잃어버린 한 짝 구두가 저절로 찾아와 짝을 맞추고
작은 여자는 공기처럼 가볍게 뛰어오릅니다……
곧, 사원의 종들이 미친 듯이 울리기 시작하고
자정은 다가서고 어디서나 계단은 무너지지만,

유리구두는 부서지지 않습니다.

뵐 듯 말 듯 쬐그만 별이 되어 지저귀며 자꾸자꾸 꿈의 통로를 걸어갑니다.

친절한 요정은 다시 찾아오지 않습니다.
제 스스로 요정이 되려고,
꿈이 되려고,
어둠 속에 여자는 걸어갑니다.

지상에서 가장 아름다운 불꽃

—동화 3

방안에 있습니다. 안전하게 가두어진 시간은, 불빛은.
방안이 너무 밝아서 장롱 밑바닥은 어둡고
어두운 곳에 소리 없이 쌓인 먼지는 보이지 않습니다.
소리 없이 쌓인 것들은 소리 없이 따뜻이 썩어갑니다.
그림자들을 짓누르고 앉아
식구들은 깨끗한 손으로 종이새를 접습니다.
날아가지 않는 새가 즐거워서 즐거워서 자꾸 접습니다.

작은 신데렐라는 부엌에 있습니다.
어둠이 말없이 등을 기대고
아무도 신데렐라의 이름을 불러주지 않습니다.
불 위에 얹힌 큰 주전자가 쇠약하게 중얼거리기 시작합니다.
아, 무서무서…… 꿀룩
물은 넘칩니다. 울면서 꿀룩꿀룩꿀룩.
찬물을 붓습니다.
주전자는 겨우 조용해집니다.

어머니들. 언니들. 방안의 사람들.
딴 나라 사람들입니다.
작은 신데렐라는 삭은 재를 헤치고 불을 돋웁니다.
타다 만 등걸에서 한 송이 한 송이 불꽃을 집어올립니다.
지상에서 가장 아름다운 능금나무 불꽃
그을린 화덕 안벽이 눈부신 담홍빛으로 일어서며

불의 깃털들은 화르르 화르르 날아오릅니다.

갓 움트기 시작한 장미 가지처럼 굴뚝은 달아오르고
주전자는 다시 소리치며 끓기 시작합니다.
보아보아보아…… 보아
작은 신데렐라는 봅니다.
하늘은 어둡고, 깊고,
불새의 모습을 한 별들은 바람에 날개를 닦으며
화르르 화르르 날아오릅니다.

스무 겹의 요 아래의 콩알
—동화 4

발바닥이 아프다. 왕의 집에선 어디서나
여문 콩알이 흩어져 있어,
잘 자려무나 깊은 밤
왕의 소유인 두꺼운 양털구름 스무 장쯤 빌려 깔고
모든 땅의 돌기들을 무시할 것
왕의 잠으로써
눈떠 있는 콩알들을 지워버리고
내 온몸의 눈 평화롭게 꼭 감을 것

바깥엔 길고 어두운 비가 온다.
새파란 콩알들은 스무 층 아래 있다.

꿈도 없는 잠 속에서
위험하게 흔들리는 구름의 성(城)
콩알들은 스무 층 아래!
콩알들은 스무 층 아래!
스무 층 아래! 새파란 현실은, 새파란 대낮은.

그러나 마디마디 배기고 아파서
소리 없이 입을 딱딱 벌리는 어둠

돌아누워도,
떠나가도 떠나가도 모든 흐느끼는 바다 위를 배는 갈 것이었다.

평화는 결코 오지 않을 것이었다.
한 겹의 요 혹은 스무 겹의 요의 배반.
콩알들은 싹이 트고 무섭게 자라기 시작한다.
스무 겹의 요를 뚫고
누워 있는 내 가슴을 뚫고 돛대 끝까지
넝쿨이 감겨 오르고

잘 자려무나 깊은 밤
음험한 왕은 껄껄 웃고 있다.

멀고먼 왕궁

—동화 5

엘리자 공주는 혼자 놉니다.
벌레구멍 뚫린 감나무 잎 하나 눈에 대고
온 하늘의 눈을 가립니다.
깊이깊이
초록의 우물 위로도 비스듬히 햇빛은 지나가고
아무도 영영 오지 않는 대낮입니다.
왕궁은 여기서 멀고도 멉니다.

지나가는 햇빛을 엿보며
엘리자 공주는 잎 뒤에 숨습니다.
벌레구멍 하나에 눈을 대고
땡감보다 더 시푸르러 아름다운 하늘을 훔칩니다.

햇빛은 허방다리에 빠지지 않습니다.
아무도 찾아내지 않습니다.
망설이지 않고
성큼성큼 걸어가는 시간의 다리
햇빛은 아무것도 잃어버린 것이 없습니다.

잃어버린 것이 많은 우물은 저 혼자 텅 비고 저 혼자 자꾸 깊어갑니다.
망망한 감나무 잎 하나 밑에서 엘리자 공주는 작은 모래알
매달려 반짝입니다.

신호.

왕궁은 어디 있습니까?

왕궁은 어디 있습니까? 물으며

벌레구멍 속으로 열두 마리의 백조가 날아가기도 합니다.

완전한 시간

—동화 6

풀밭을 마구 달음질치는 햇살과
풀잎 뒤에 숨은 이슬의 눈이 정통으로 딱 마주칠 때
꽃봉오리가 처음 한 겹 그의 청명한 꽃잎을 벌릴 때
그럴 때,
포개져 가린 한 하늘과 하늘의 틈이 깜빡,
하얗게 벌어져

황동(黃銅)의 시계추가 뚝 떨어지고

백년도 더 오래 잠자는 공주의
어둡고 깊은 잠의 한가운데에도 석류가
눈부시게 갈라집니다.

불꽃의 꿈틀거리는 뿌리,
불붙는 별들과 날개와, 혹은
음계를 치뚫고 한없이 한없이 날고 있는 화살과

비밀을 본 길들이 길의 옷을 벗어놓고
뛰어들어
아득히 낯선 하늘을
빨리 따라갑니다 따라갑니다 그리고
텅 비는 대낮—
돌쳐눕는 대낮—
일순, 햇살은 지나가고

닫힘. 열렸다 닫힘.

바람 불어 탈없이 다시 바람 불어
시간은 눈을 껌벅이고 백년도 더 여전히
잠자고 있는 공주의 성(城) 속엔
닭들도 잠자고
왕자는 아직 문밖에서
젖은 손바닥만 꽃잎처럼 가만가만 벌려봅니다.

문학동네포에지 011

어둠에 갇힌 불빛은 뜨겁다

1판 1쇄 발행 1997년 10월 30일
2판 1쇄 발행 2021년 3월 30일

지은이 — 김옥영
책임편집 — 유성원
편집 — 김민정 김필균 김동휘 송원경
표지 디자인 — 이기준 김이정
본문 디자인 — 유현아
마케팅 — 정민호 김도윤 최원석
홍보 — 김희숙 김상만 함유지 김현지 이소정 이미희 박지원
제작 — 강신은 김동욱 임현식
제작처 — 영신사

펴낸곳 — (주)문학동네
펴낸이 — 염현숙
출판등록 — 1993년 10월 22일 제406-2003-000045호
주소 — 10881 경기도 파주시 회동길 210
전자우편 — editor@munhak.com
대표전화 — 031-955-8888 / 팩스 — 031-955-8855
문의전화 — 031-955-3570(마케팅), 031-955-8865(편집)
문학동네카페 — cafe.naver.com/mhdn
트위터 — @munhakdongne
북클럽문학동네 — bookclubmunhak.com

ISBN 978-89-546-7771-4 03810

www.munhak.com

문학동네